3.ª edición
20 000
ejemplares

Junie B. Jones

*jefa
de cocina*

Texto de Barbara Park
Ilustraciones de Denise Brunkus

 **Bruño**

*Para todas y todos los que trabajan
en los comedores a lo largo
y ancho del mundo.
¡Os queremos!*

1.ª edición: 2010
3.ª edición: 2012

Título original: *Junie B., First Grader
Boss of Lunch*
Publicado por primera vez por
Random House, Inc., EE UU
© del texto: Barbara Park
© de las ilustraciones: Denise Brunkus

© Grupo Editorial Bruño, S. L., 2010
Juan Ignacio Luca de Tena, 15; 28027-Madrid
www.brunolibros.es

Dirección del Proyecto Editorial: Trini Marull
Dirección Editorial: Isabel Carril
Edición: Cristina González

Traducción: Begoña Oro

Diseño de cubierta: Miguel Ángel Parreño
Diseño de interiores: JV, Diseño Gráfico, S. L.

ISBN: 978-84-216-8422-1
Depósito legal: M-147-2010
Printed in Spain

Índice

1 ¿Normal?
¡No, gracias!

Jueves

Querido diario de clase:

¡Viva! ¡Viva! ¡Me llegó! ¡Por fin me llegó!

¡Ayer lo trajo un mensajero!

¡Y hoy lo he traído a clase por primera vez!

Ahora mismo lo tengo debajo de la mesa. Lo miro cada dos por seis para verlo mejor. Aunque el profe me ha dicho que deje eso y atienda.

Pero ¿sabes qué? Voy a aprovechar que ahora no me está mirando para echarle otro vistazo. Solo una vez más.

A ver si tengo suerte y el profe
no me pilla...

Junie B. Jones

Dejé el lápiz y miré alrededor.

Todos seguían escribiendo en sus diarios de clase.

Ji, ji… Era el momento.

Me agaché muuuuuy despacito, bajé la mano y abrí mi reluciente… te…

—¡EL MALETÍN DEL ALMUERZO! —gritó Maya—. ¡JUNIE JONES ACABA DE ABRIR EL MALETÍN DEL ALMUERZO OTRA VEZ, PROFE! ¡Y LE DIJISTE QUE NO VOLVIERA A HACERLO! ¿TE ACUERDAS?

Además de ser la chivata que se sienta a mi lado, a Maya siempre se le olvida la B de mi nombre: Junie «B.» Jones.

Enseguida oí los zapatos del Profe. Venían hacia mí.

El corazón empezó a hacerme *bum-bum, bum-bum, bum-bum* muy fuerte.

—¿Junie B.? ¿Cómo es que tu maletín del almuerzo vuelve a estar abierto? —me preguntó—. ¿No habíamos hablado ya de eso?

Yo miré hacia abajo y vi uno de los zapatos del Profe haciendo *tap, tap, tap* en el suelo.

Cuando el zapato de un mayor hace *tap, tap, tap* en el suelo es que va a haber problemas.

—¿Junie B.? —volvió a decir el Profe—. ¿Tienes una buena razón para haber abierto otra vez el maletín del almuerzo?

Yo cerré los ojos e intenté pensar en una buena razón.

El zapato del Profe hizo *tap, tap, tap* más fuerte.

Abrí los ojos para mirarlo y… ¡BINGO!

Uno de mis ojos vio una servilleta que *sorbesalía* de mi maletín del almuerzo… ¡y se me ocurrió una idea genial!

¡Cogí la servilleta y empecé a limpiar los zapatos del Profe!

—¡Mira, Profe, mira! ¡Esta es mi buena razón! —le dije—. ¿Lo ves? ¡Tenía que coger la servilleta de mi maletín para limpiarte los zapatos!

Y froté y froté y froté.

—Es la razón más genial que se me ha ocurrido en la vida —dije muy orgullosa.

Y le sonreí.

—¿Quieres que escupa en la servilleta? —le pregunté, toda educada—. Un poco de escupitajo viene muy bien para que los zapatos queden superbrillantes.

Pero el Profe se apartó corriendo y dijo:

—No, Junie B. Nada de escupir. Por-favor-te-lo-pido. Y ahora, siéntate.

Y me senté.

El Profe se me quedó mirando un buen rato.

Yo me moví un pelín nerviosa en la silla. Porque cuando los profes se te quedan mirando, da mucha vergüenza.

Al final, el Profe dijo:

—A partir de ahora, no quiero volver a verte tocar el maletín del almuerzo, Junie B. Son las normas. Los maletines del almuerzo solo pueden abrirse en el comedor.

Yo suspiré muy *deprimita* y dije:

—Si ya lo sé, Profe. Pero es que no sabes cuánto he tenido que esperar para tener este maletín... Y ayer por fin llegó a casa. O sea, que hoy es el primer día que ya no llevo esa bolsa marrón tan sosa. Y cada vez que miro mi maletín del almuerzo nuevo me siento taaaaan feliz...

Entonces lo levanté para enseñárselo.

—¿Has visto qué bonito es? Mamá lo encargó por Internet. Mira, tiene dibujos de pajaritos. ¿Los ves?

Entonces señalé uno y le dije:

—Este es un aguilucho. Un aguilucho es un águila bebé. Se
llama así. Me lo dijo mi abuelo.

Luego señalé otro pájaro y le
expliqué:

—Y este es mi favorito. Es un
buhúcho, que es un búho bebé.

Entonces levanté bien alto mi
maletín para que toda la clase lo
viera.

—¿Veis estos *pajaruchos,* niños?
—dije—. Hay aguiluchos, *buhú-
chos, patuchos...* y pollitos.

Luego lo dejé encima de mi
mesa y saqué el termo que había
dentro.

—¿Veis este termo, niños? —les
pregunté—. Aquí hay dibujados
nidos de pájaros. ¿A que es monísimo?

Maya puso cara de asco y dijo:

—Puaj. ¿Quién querría beber de un nido apestoso lleno de cacas de pájaro?

Yo le puse cara de asco a ella y le contesté:

—¡Pues yo! A mí me encaaaanta beber de nidos apestosos llenos de cacas de pájaro. ¡Hala!

Maya abrió la cajonera, sacó un vale para el comedor del colegio y me dijo:

—Bueno, pues yo tengo un vale para comprar el almuerzo, Junie Jones. Es mucho mejor comprarlo aquí que traérselo de casa. ¡Hala!

Yo me crucé de brazos y le contesté:

—Esa es la tontería más grande que he oído en toda mi vida, Maya. Es mejor traer el almuerzo de casa que comprarlo aquí. Porque los almuerzos que se traen de casa... ¡¡¡los preparan los padres!!! ¡Hala!

El Profe puso mala cara y dijo:

—Ya basta, niñas.

Pero Maya siguió dale que te pego:

—Pues para tu información, Junie Jones, los padres no son

cocineros profesionales de al-muerzos. Son personas normales y corrientes. ¡Hala!

Yo pegué una patada en el suelo. ¡Hasta ahí podíamos lle-gar!

—¡No vuelvas a llamar «norma-les» a mis padres! —grité—. ¡Nadie de mi familia es normal! ¡Que lo sepas! ¡Hala!

Maya se echó a reír, y algunos de los otros niños también.

No entiendo por qué.

Al final, el Profe les llamó la atención y yo volví a dejar mi maletín del almuerzo en el suelo.

No estaba siendo mi mejor mañana.

2. *Bocadillos*

A las doce del *melodía* sonó el timbre del almuerzo.

Yo cogí mi maletín nuevo, fui corriendo a ponerme en la fila y me quedé allí quieta, esperando.

—¡Ya es casi la hora de estrenar mi maletín! —les dije toda emocionada a mis compañeros.

Y volví a levantarlo para que todos lo vieran.

—¿Qué *pajarucho* os gusta más? Elegid uno, ¿vale?

Mi amigo Paolo miró los pájaros y se encogió de hombros.

—Pueees… no sé —dijo—. Puede que el pato. Los patos son divertidos. Una vez que estábamos merendando a la orilla de un lago, un pato le quitó una chocolatina a mi hermana.

Mis amigos Dani y Hugo se echaron a reír y también miraron mi maletín.

—Pues mi favorito es el búho —dijo Hugo.

—El mío también —dijo Dani—. Una vez vi un documental sobre búhos, y uno se tragó una rata gigante de un bocado. Ni la masticó ni nada.

Después de esa historia tan asquerosilla, yo ya no pude mirar al búho como antes.

Al final, todos los de clase fuimos al comedor.

El comedor es una habitación enoooorme donde nos comemos el almuerzo. Allí dentro hay muchas mesas, mucho ruido y muchos olores diferentes.

Los de mi clase siempre nos sentamos cerca de la ventana.

—¡Venid, chicos! —dije—. ¡Vais a ver cómo estreno mi maletín del almuerzo!

Y me quedé esperando a que llegaran Hugo, Dani y Paolo.

Solo que, oh-oh…, no vino ninguno.

En vez de eso, se quedaron haciendo una fila.

—¡Eh, Hugo! —grité—. ¿Qué haces? ¿Por qué no vienes a comer conmigo?

—¡Hoy me voy a comprar la comida aquí, Junie B.! —gritó.

—¡Y yo! —gritó Paolo—. ¡Hoy nos la vamos a comprar todos!

—¡Ñam-ñam, sí! ¡Hay bocadillo de salami con queso! —gritó Dani—. ¡Guárdanos el sitio, Junie B.!

Me quedé hecha polvo. Nada estaba saliendo como yo quería.

Me senté y me puse a mirar alrededor.

Solo había otro niño sentado.

Se llama Nando, pero no lo conozco mucho.

Nando me saludó y me dijo:

—Somos los únicos que no van a comprarse la comida hoy.

Yo suspiré.

—Sí, Nando. Ya lo sabía.

—A todo el mundo le gustan esos bocadillos. Pero a mí no me

dejan probarlos. Soy alérgico a los embutidos.

Yo miré a Nando más de cerca.

Se le salían los mocos.

—Por favor, suénate la nariz —le dije.

Pero él no me hizo caso.

—Solo puedo tomar comida eco-lógica —dijo.

Y se le salieron más mocos.

—Además, soy alérgico a los lác-teos —siguió.

Yo le pasé mi servilleta y le dije:

—Suénate. Y lo digo en serio.

Pero Nando no se sonó.

Yo me alejé un poco de él, y enseguida llegaron todos los de clase.

Se sentaron y empezaron a dar supermordiscos a sus bocadillos.

—Hummm… —dijo Hugo—. ¡Está riquísimo!

—Sí —dijo Paolo—. *Squisito!*

Squisito es como se dice *esquesito* en italiano. Es que Paolo es de Italia, ¿sabes?

Dani levantó la tapa del pan y miró dentro.

—Este bocadillo te gustaría, Junie B. —dijo—. Mira. Tiene jamón, salami, queso, lechuga y tomate.

Entonces Maya metió las narices:

—Sería bueno para ti, Junie Jones. Todos los almuerzos que dan en el colegio tienen que ser deliciosos y nutritivos. Lo dice la ley.

—¿Y qué? —repliqué yo.

—Pues que los almuerzos que se traen de casa pueden ser cualquier porquería caducada.

Yo le gruñí un poco. Y me di la vuelta para coger mi sándwich a escondidas y echarle un vistazo.

Me quedé mirándolo un buen rato. Y todo porque no sabía muy bien qué había dentro.

Al final, me lo comí.

Y estaba rico el… la… la cosa esa que había dentro.

3. Galletas

Yo fui la primera en acabar el almuerzo.

Y es que eso de comer bocadillos lleva muuuucho tiempo.

Dejé mi maletín y miré a Hugo.

Después del bocadillo, todavía le quedaban dos cosas por comer: palitos de zanahoria y una galleta gigante.

Me incliné para verla mejor.

—Hummm… Vaya, si tienes una galleta, Hugo —le dije—. Y es de las gigantes, ¡mis favoritas!

—Y las mías —dijo Hugo—. A mí también me encantan.

Entonces toqué la galleta con un dedito.

—En vez de galletas, hoy mi madre me ha puesto una barrita de cereales —dije.

—Oh… Bueno, las barritas de cereales también están bien —dijo Hugo.

Yo di unos golpecitos en la mesa. Este Hugo no acababa de pillarlo.

—Sí, Hugo, ya sé que las barritas están bien… Pero yo prefiero las galletas gigantes. Por eso me gustaría que compartieras la tuya conmigo. Y ya está.

—¿Y por qué no lo has dicho antes? —me preguntó él.

Entonces partió en dos la galleta y me pasó una mitad.

—¡¡*Graciasgraciasgraciasgracias!!* —le dije toda emocionada.

Me metí la galleta en la boca y bebí un trago de la leche de Hugo.

—¡Hummmmm! ¡Sabe como las galletas que nos traía la señora Flint! —dije.

Acordarme de ella me hizo sonreír.

—La señora Flint era nuestra monitora de comedor el año pasado —le expliqué a Hugo—. Una vez a la semana nos daba leche con galletas, solo que…, ¿sabes? A veces me daba dos galletas en vez de una. Porque yo era su favorita de toda mi clase.

—¡Ah, pues entonces yo también era su favorito de toda mi clase! —dijo Paolo—. ¡Porque a veces a mí también me daba una galleta de más!

Paolo y yo chocamos esos cinco. ¡Los dos éramos favoritos!

—La señora Flint era una joya... —dije.

—¿Cómo que «era», Junie B.? —se extrañó Paolo—. Querrás decir que «es» una joya. Sigue trabajando aquí, ¿no lo sabías?

—¿Cómo? —pregunté supersorprendida.

—¡Pues claro! —dijo Paolo—. Este año he vuelto a encontrármela. Trabaja ahí dentro, en la cocina.

Yo no podía creérmelo.

—¿De verdad... de la buena? —pregunté—. Entonces, si la señora Flint sigue trabajando en el colegio, ¿cómo es que todavía no nos ha traído leche con galletas?

Paolo se encogió de hombros.

—No lo sé —dijo—. Pero trabaja aquí, seguro. Acabo de verla cuando he ido por el bocadillo. Si no me crees, ve a comprobarlo tú misma.

—¡Eso haré! ¡Voy a verlo con mis propios ojos! —decidí.

Salté de mi silla, eché a correr hacia la cocina y me puse a llamar a gritos a la señora Flint.

4. La señora Flint

—¡Señora Flint! ¡¡Señora Fliiiiiint!! ¿Dónde estás? ¡Soy yo! ¡Junie B. Jones!

Miré alrededor. Había muchos niños llevando bandejas por un mostrador muy largo.

—¿Alguien ha visto a la señora Flint? —les pregunté—. ¿Alguno la conoce? Un amigo mío dice que está ahí dentro, en la cocina. Pero yo no la veo.

Volví a llamarla más fuerte:

—¡¡¡SEÑORA FLINT!!! ¡¡¡SEÑORA FLIIIIIINT!!!

Y entonces, de repente, una señora se asomó por la puerta de la cocina.

Y no te lo vas a creer…

¡Era ella en persona!

¡¡¡La señora Flint!!!

Fui corriendo hacia ella y le di un abrazo superfuerte.

—¡Señora Flint! ¡Señora Flint! ¡Cuánto me alegro de verte! —le dije.

La señora Flint también me abrazó y me dijo:

—¡Junie B. Jones! ¡Yo también me alegro de verte!

Llevaba el mismo delantal blanco del año pasado.

35

—¡Hala! ¡Estás igualita que siempre! —le dije—. ¡Ni te has cambiado de ropa ni nada!

Ella se echó a reír.

Llevaba puestos unos guantes de plástico. Y una redecilla en el pelo.

—¡Eh! ¡Me acuerdo de que el año pasado me explicaste que llevabas esos guantes y esa redecilla para poder tocar la comida! Era por no sé qué de la higiene, ¿verdad? Porque así la comida no se llena de pelos ni de microbios asquerosos.

—¿Estás segura de que te lo conté así? —me preguntó la señora Flint poniendo cara rara.

Yo empecé a dar botes.

—¡Eh, señora Flint! ¡Ahora que me has encontrado, ya puedes

empezar a traerme galletas a clase, como el año pasado! Ah, y que sepas que ahora estoy en la clase C, ¿eh?

Ella sonrió, se inclinó hacia mí y me explicó que este año ya no nos llevarían galletas a clase. Que eso era solo para los peque-ñajos, porque a los mayores ya nos daban galletas con el al-muerzo.

—Sí, claro, ¿y qué pasa con los que nos traemos el almuerzo de

casa, eh? —protesté yo—. ¿Dónde están nuestras galletas? Porque resulta que los únicos que no hemos comido galletas hoy somos yo y Nando, digoooo... Nando y yo.

La señora Flint no me contestó. En vez de eso, levantó la cabeza y miró detrás de mí.

Y entonces fue cuando oí la voz del Profe.

—Junie B. Jones... —dijo muy serio—. ¿Se puede saber qué estás haciendo?

Yo me di la vuelta.

El Profe parecía enfadado conmigo.

—¿Por qué te has levantado de la mesa sin permiso, Junie B.? —me preguntó—. ¿Tienes alguna explicación?

Todos nos miraban.

Yo hice «glup» con la saliva y cerré muy fuerte los ojos, intentando pensar en una explicación.

—Pueeees..., a ver... —dije—. Primero, yo estaba comiéndome el almuerzo que había traído de casa mientras todos los demás se lo compraban aquí. Y por eso terminé la primera. Entonces vi la galleta gigante de Hugo, y me moría de ganas de comérmela. Y ahora viene lo mejor: ¡Hugo la compartió conmigo! Y de lo rica que estaba, me acordé de la señora Flint. ¿Y sabes una cosa? Paolo me dijo que ella estaba en esta misma cocina. Por eso me levanté de la mesa, para decirle hola.

Luego miré a la señora Flint y le dije en voz bajita:

—Hola.

Y ella me contestó:

—Hola.

El Profe meneó la cabeza y dijo:

—Lo siento, Junie B. Estoy seguro de que la señora Flint se ha alegrado de verte, pero a la hora de comer no puedes levantarte de la mesa así como así y salir corriendo a donde te parezca.

—Tu profesor tiene razón, Junie B. —dijo la señora Flint—. Me ha hecho mucha ilusión verte, pero tienes que cumplir las normas del colegio.

Yo suspiré:

—Sí, claro, solo que tenía muchas ganas de verte, señora Flint. Te echaba de menos.

La señora Flint se quedó pensativa.

—Mmm..., se me ocurre una idea —dijo—. Si prometes cumplir las normas, quizá puedas venirte conmigo mañana y echarme una mano en la cocina. ¿Qué te parece? ¿Te gustaría?

A mí casi se me salen los ojos de las *ojórbitas*.

—¿Lo dices en serio?

La señora Flint sonrió y me dijo:

—Sí, completamente en serio. A veces dejamos que algún alumno nos ayude en la cocina. Si a tu profesor le parece bien, puedo darte una nota para que tus padres te den permiso.

Yo estiré del brazo al Profe:

—¿Verdad que te parece bien? ¿Verdad? ¿Verdad? *¡Porfi, porfi, porfiiii!*

Pero el Profe no me respondió.

En vez de eso, se empezó a pasar los dedos por el pelo. Y se quedó pensando y pensando.

Pero al final… ¡lo dijo! ¡Dijo que le parecía bien!

—¡Podré venir a la cocina y ayudarte! —le dije toda feliz a la señora Flint.

—¡Estupendo! —dijo ella.

Luego me dio la nota para mis padres.

¡Y aún hay más! Porque después sacó un par de guantes de plástico… ¡sin estrenar!

—Toma —me dijo—. Son para ti. Puedes llevártelos a casa para

que vayas acostumbrándote a ellos.

Yo me quedé *moquiabierta* de lo maravillosos que eran. *(Moquiabierta* es cuando te quedas tan sorprendida por algo que se te podría salir un moco por la nariz y no te darías cuenta).

—¡Gracias! ¡Toda mi vida he querido tener unos guantes de estos!

Me los puse superemocionada y me despedí de la señora Flint:

—¡Adiós! ¡Hasta mañana!

Luego volví a mi mesa con el Profe.

Y el resto del día cumplí las normas.

5. Prácticas

Cuando me bajé del autobús después del cole, eché a correr hacia casa.

Mamá tenía el día libre y estaba en el jardín, jugando con Sam.

Sam es un bebé.

No sabe saltar, ni pintar, ni jugar al pilla-pilla, ni nada.

¡Ah!, y Sam también es mi hermano.

Cuando llegué a donde estaban, grité toda contenta:

45

—¡Mamá! ¡Mamá! ¡Voy a ser ayudante! ¡Voy a ser ayudante!

Y le di la nota que me había
dado la señora Flint.

—¡Mira, lee esta nota, corre! ¡Es
de la señora Flint! Te acuerdas de
ella, ¿verdad? La que me daba
galletas el año pasado. Pues
resulta que este año la han as-
cendido, creo, porque ahora es
la jefa-directora-general de toda la
cocina, o algo así…

Mamá leyó la nota mientras yo
daba botes sin parar.

—¿Lo ves, mamá? ¿Lo ves? La
señora Flint quiere que sea su
ayudante mañana. Tú solo tienes
que firmar esta nota y ya está.
¡Voy por un boli!

—No tan deprisa —replicó mamá.

46

Y luego dijo:

—La verdad es que parece divertido, Junie B. Pero mejor lo hablamos en la cena con papá, ¿vale?

—Pero es que yo no quiero hablarlo —dije, enfadada—. Yo solo quiero que firmes la nota, y que la firmes ya. *¡Porfi, porfi, porfiiii!*

Mamá sonrió:

—Debes tener un poco de pa-
ciencia, Junie B. Solo queda un
rato para la cena, y me gustaría
hablar de esto con papá.

Yo puse los ojos en blanco.
Siempre es lo mismo... ¿Por qué
papá tiene que estar metido en
todo?

Al final, entré en casa y me puse
a dar vueltas por la cocina,
muerta de aburrimiento.

—Y, encima, en esta casa no hay
nada interesante que hacer...
—gruñí.

Entonces, de pronto, vi mi mo-
chila en el suelo.

¡Y me acordé de los guantes de
plástico!

Corrí a cogerlos, me los puse enseguida y fui volando hacia la nevera.

¡Ya podía practicar tocando la comida!

Abrí la puerta y empecé a tocar cosas.

Primero toqué un aguacate y un tomate un poco pocho. Luego metí un dedo en la mantequilla y otro en los quesitos.

—¡Uauuu! ¡Con estos guantes es una gozada tocar la comida!

Cuando acabé, me metí los guantes en el bolsillo y me fui a ver la tele. Pero no me concentraba… Solo podía pensar en lo de ser ayudante.

Cada vez estaba más y más emocionada.

Y entonces… ¡viva!, ¡viva!, ¡por fin llegó papá del trabajo!

En cuanto nos sentamos a cenar, le conté lo de la señora Flint.

Y… ¡sorpresa! Me puse los guantes y moví las manos.

—¡Mira, mamá! ¡Mira, papá! ¿Habéis visto lo que me ha dado la señora Flint? ¡Son auténticos guantes *porfesionales* de auténtica cocinera!

Me senté muy tiesa y les expliqué:

—Con estos guantes no vas dejando pelos ni microbios asquerosos por ahí. Y, además, ¿sabéis qué? ¡Pues que ya sé cómo se usan!

Entonces salté de la silla y me puse a tocar la comida de todos.

Toqué el filete de mamá. Y el puré de patatas de papá. Y la papilla de Sam.

Y luego le puse a Sam un poco de papilla por encima de la cabeza.

Yo creo que fue una broma genial. Solo que nadie se rio.

Mamá me quitó los guantes y me dijo que «no sirven para eso, señorita».

Señorita es mi nombre cuando he hecho algo malo o no muy bueno, así que pensé que me había metido en un lío, pero... ¡buenas noticias!

Cuando mamá y papá me llevaron a la cama, me devolvieron la nota y... ¡viva! ¡La habían firmado!

—Te damos permiso para ayudar en la cocina —dijo mamá—. Pero se acabaron las tonterías con los guantes. ¿Entendido?

—Entendido.

—Una ayudante no se dedica a poner las cosas más difíciles, Junie B. —dijo papá—. Una ayudante hace que todo sea más fácil. ¿De acuerdo?

—De acuerdo.

Mamá se puso superseria y dijo:

—Ah, y la ayudante no es la jefa, Junie B. Creo que deberías repetir conmigo: «La ayudante no es la jefa».

Y yo repetí:

—La ayudante no es la jefa. La ayudante no es la jefa.

Después de eso, papá y mamá se quedaron más tranquilos. Me dieron el beso de buenas noches y apagaron la luz.

Yo repetí una vez más:

—La ayudante no es la jefa.

Entonces cerré los ojos, me dormí…

Y soñé que era la jefa.

6. La jefa

Fue el sueño más divertido de todos-todísimos.

En él, yo era igualita que la señora Flint, solo que con mi cara.

Tenía mi propio delantal. Y mis propios guantes de plástico. Y mi propia redecilla en el pelo.

¡Tenías que haberme visto!

Trabajaba muchísimo en la cocina.

Lavaba un montón de zanahorias. Hacía un montón de bocadillos. Y después me comía todas las galletas gigantes.

Luego llegaron los de mi clase con sus bandejas y vieron lo mucho que yo había trabajado.

Me llamaron «jefa de cocina», formaron un círculo a mi alrededor, me subieron a hombros y me dieron una vuelta por el comedor.

Todos menos Maya.

Cuando pasé a su lado, la saludé con la mano, y entonces llegó un búho volando y la persiguió por todo el comedor hasta que la echó de allí.

* * *

Me desperté muerta de risa.

¿Y sabes qué? En el colegio, el día fue aún mejor. Porque le di al

Profe la nota firmada... ¡y me dejó ir al comedor a las diez de la mañana! ¡Y me libré de las tareas tooooodo ese rato!

La señora Flint se alegró mucho de verme.

Me dijo que podía empezar a ayudarla enseguida, pero que primero quería enseñarme la cocina.

Era la cocina más grande que había visto en mi vida.

Si los gigantes tuvieran cocina, sería como esa.

—¡Qué fregadero más grande! —dije—. ¡Y qué nevera más grande! ¡Y qué *lavajillas* más grande! ¡Y qué congelador más supermegaenorme! ¡Y qué...!

Pero la señora Flint me paró y dijo:

—Está bien, vamos a trabajar, ¿vale? Ahora quiero presentarte a las otras personas que también trabajan aquí, Junie B.

Entonces me llevó con ella y me presentó a seis mayores.

Yo los saludé, aunque me daba un poco de vergüenza.

Y ellos me saludaron y me dijeron: «Bienvenida».

¡Pero ahora viene lo mejor de todo! Después de presentarme a aquellas personas, la señora Flint abrió un cajón enorme… ¡y me dio un delantal blanco gigante!

Me quedé con la boca abierta *de par e impar.*

—¿De verdad puedo ponérmelo? —le pregunté—. ¿Voy a llevar un delantal igual que el tuyo?

¡Uauuuuu! ¡Esto es un sueño hecho realidad!

La señora Flint me guiñó un ojo:

—No querrás ensuciarte ese vestido de flores tan bonito que llevas, ¿verdad?

Luego me pasó el delantal por la cabeza y me ató las tiras.

Yo miré hacia abajo. El delantal me llegaba casi hasta los pies.

—¡Oooh! ¡Me encanta! ¡Parezco una princesa con este delantal!

La señora Flint me dijo que tenía una gran imaginación.

Luego me puse mis guantes de plástico.

—¡Ahora ya llevo el traje casi completo!

Y entonces, ¿qué crees que pasó?

Pues que la señora Flint buscó en su delantal… ¡y sacó una redecilla!

¡Una redecilla para mí solita!

Me la puso en la cabeza y yo empecé a gritar:

—¡Uauuuuuu! ¡Gracias, señora Flint! ¡Gracias!

Fui corriendo a mirarme en el cristal del horno.

—¡Parezco una auténtica cocinera *porfesional!*

Luego volví a mirarme. Y me miré una vez más. Y otra. Y otra.

No podía parar.

7. Las tareas

La señora Flint me contó todo lo que tenía que hacer.

—Hoy vas a ocuparte de tres tareas bien divertidas, Junie B. Creo que te van a gustar.

Me llevó al mostrador donde los niños empujaban sus bandejas de la comida. Y me enseñó dónde se ponían las servilletas.

—Lo primero que tienes que hacer es encargarte de que siempre haya servilletas en el mostrador —me dijo—. Si ves que la

pila de servilletas empieza a bajar, te agachas, coges más servilletas y las pones encima. ¿De acuerdo? ¿Crees que podrás hacer eso por mí, Junie B.?

—¡Claro que podré! —contesté—. ¡Yo domino lo de las servilletas!

Entonces sonreí toda orgullosa y le expliqué:

—Es que yo uso servilletas en mi casa, ¿sabes? Para limpiarme la boca después de comer, y eso.

Aunque a veces también uso la manga.

La señora Flint me miró con cara rara.

Luego me dio una bayeta y me llevó al lado del fregadero.

—Muy bien —dijo—. Tu segunda tarea será encargarte de que esta encimera esté siempre limpia. No hará falta que limpies grandes cosas, Junie B. Solo si

ves alguna manchita o unas migas, las limpias.

Yo sonreí *de ceja a ceja* y le conté:

—¡Lo de las bayetas también se me da genial! Porque cuando era pequeña, una vez practiqué tirando bayetas en el váter y no se me salió ninguna. Bueno, casi.

La señora Flint se puso un poco pálida.

—Oh, vaya… —dijo.

Luego su voz sonó un pelín preocupada:

—Bueno, estoooo… y hay otra tarea que necesito que hagas. ¿Ves esa puerta? Por ahí entran los niños que vienen a buscar su comida.

—Sí, la veo.

—Bueno, pues, cuando no estés ocupada haciendo las otras tareas, quiero que seas nuestra recepcionista. ¿Sabes lo que hace una recepcionista, Junie B.? Una recepcionista sonríe cuando entra la gente y la saluda. ¿Crees que podrás hacer eso?

Esta vez no contesté tan rápido. Y es que solo de pensar en esa tarea me entraba dolor de tripa.

—Sí, bueno, pero es que hay niños del cole a los que no conozco... —dije un poco temblorosa—. Algunos son mayores. Y los mayores no son mi talla favorita de niños.

La señora Flint se echó a reír:

—No te preocupes, Junie B. Ya verás cómo en este colegio hay un montón de mayores muy

65

agradables. ¿Podrás intentarlo al menos? Por favor…

Yo encogí los hombros no muy convencida.

—Puedo intentarlo —dije.

La señora Flint me dio una palmadita en el hombro:

—Así me gusta. Y ahora solo falta una cosa antes de ponernos en marcha.

Entonces se agachó bajo el mostrador y me dio otro par de guantes.

Yo enseguida levanté las manos.

—Pero si ya llevo guantes, señora Flint. ¿Los ves? Me los diste ayer.

—Lo sé, lo sé… Pero estos están sin estrenar, Junie B. Aquí nos cambiamos de guantes muy a menudo. Así evitamos que se transmitan los microbios. Nos lavamos las manos y nos cambiamos los guantes constantemente.

Yo me rasqué la cabeza.

—¿En serio? ¿Quieres decir que tengo que lavarme las manos y además llevar guantes? Ostrasss… Eso es un montón de higiene, ¿no?

La señora Flint arrugó las cejas.

Luego me llevó al fregadero, me lavó las manos bien lavadas y, después de secármelas, me puso los guantes nuevos.

—¡Uauuuuu! ¡Son las manos más limpias que he visto en mi vida! —dije.

Entonces volví al mostrador y empecé a poner las servilletas unas encima de otras.

Poco después, la cocina se llenó de un montón de olores.

—Huele un poco a KK —dije en voz bajita, y me tapé la nariz.

La señora Flint me miró. No parecía muy contenta.

—Eso de tocarte la nariz con la mano no es nada higiénico, Junie B. Ahora tendrás que volver a cambiarte de guantes.

Yo seguí tapándome la nariz y le expliqué:

—Sí, pero es que como deje de taparme, el olor se me meterá

hasta el *celebro*. Y no es nada agradable.

La señora Flint me miró enfadada y dijo:

—Lo que estás oliendo es la comida de hoy, Junie B.: macarrones con atún. Los pondremos con zanahorias y guisantes.

Yo puse cara de asco:

—Puaj. Odio los guisantes. Menos mal que me he traído el almuerzo de casa. Por lo menos, así podré tomar una comida decente.

La señora Flint, que aún parecía enfadada, vino y me cambió los guantes.

Yo puse unas cuantas servilletas más.

E intenté respirar solo por la boca.

8. La comida

Eso de ser ayudante no es *pan-comido.*

Después de que tocara el timbre, los mayores empezaron a entrar en el comedor.

Algunos señalaron mi redecilla y empezaron a reírse.

Yo me quedé hecha polvo y pensé:

«Pues ahora no pienso *recepcionaros,* ¡hala!».

Fui a chivarme a la señora Flint, y les echó la bronca.

Luego me dijo que no hacía falta que hiciera de recepcionista.

En vez de eso, me pidió que limpiara la encimera.

Yo la limpié y la requetelimpié hasta que se fueron los mayores. Y entonces, ¿a que no sabes a quién vi?

¡A todos los de mi clase! ¡Allí estaban Hugo y Dani y Paolo con sus bandejas!

Fui corriendo hacia ellos y les dije:

—¡Hola a todos! ¡Miradme! ¿Veis cómo trabajo? ¡Soy ayudante!

Todos sonrieron y me saludaron.

—¿Habéis visto mi traje? ¡Soy una auténtica cocinera *porfesional!*

¡Voy igualita que la señora Flint! ¿Lo veis?

Después les enseñé mi bayeta.

—¡Y mirad! ¡Hasta tengo mis propios *complemientos!*

Y les enseñé cómo se limpiaba la encimera.

—¿Me veis? ¡Soy la jefa de bayetas de toda esta zona!

Luego fui corriendo a donde estaban las servilletas.

—Y también soy la jefa de servilletas. ¿Habéis visto cómo las he apilado? ¡Si sigo haciéndolo así de bien, seguro que algún día seré la jefa-directora-general de toooodo esto!

Justo en ese momento apareció Maya.

Soltó una risita de mala-malísima y dijo:

—Tú no eres una auténtica cocinera, Junie Jones. Solo dejan que hagas como si lo fueras. ¿O no te habías enterado?

De pronto me entró una furia supergrande por dentro.

¡Estaba hasta las narices de la niñata esa!

Pegué una patada en el suelo y le dije:

—¡Pues sí que soy una auténtica cocinera, para que te enteres! ¿Qué pasa, que no ves mi traje, Maya? Si no soy una auténtica cocinera, ¿entonces qué hago llevando este delantal y estos guantes y esta redecilla, eh, eh, eh?

Maya no respondió y yo seguí, cada vez más furiosa:

—¡YO TE LO DIRÉ, CARAHUE-
VO! ¡ESTOY EVITANDO QUE
LOS APESTOSOS MACARRONES
CON ATÚN QUE VAIS A COME-
ROS HOY SE LLENEN DE PELOS
Y DE MICROBIOS ASQUERO-
SOS! ¡ESO ES LO QUE HAGO!

Entonces oí un gemido detrás de
mí. Era la señora Flint.

Me volví a mirarla.

Parecía a punto de *gomitar.*

Luego miré a mis compañeros de
clase.

También parecían a punto de *gomitar.*

Uno a uno, todos fueron dejando
sus bandejas en un montón.

—Se me ha pasado el hambre
—dijo Hugo en voz bajita.

—Y a mí —dijo Paolo—. Es que hoy he desayunado mucho.

Poco a poco, todos los de clase fueron saliendo de la fila y volvieron a sus mesas del comedor.

Yo los miraba desde la puerta de la cocina.

El Profe habló con ellos, luego entró en la cocina y también habló con la señora Flint.

Estuvieron cuchicheando un buen rato.

Y, además, me miraban.

Yo noté que empezaba a sudar-
me la frente y me sequé con la
bayeta.

La señora Flint cerró los ojos un
momento y vino hacia mí.

Me quitó la bayeta.

Y me dijo toda amable que mi
trabajo allí había terminado.

9. Mortadela

Lunes

Querido diario:

Los de clase aún están enfadados conmigo por lo del viernes.

Cuando volvimos a clase, la señora Flint trajo sándwiches de mortadela para todos los niños que no habían comido. Pero no tuvieron mucho éxito.

Yo me senté en mi mesa y saqué mi maletín del almuerzo. Dentro llevaba una comida riquísima. Y es que la comida que traes de casa es muuucho mejor que la comida

comprada, y de eso yo no tengo
la culpa.

Algunos me miraron con mala
cara mientras comía.

Hoy, el único que sigue siendo
amigo mío es Hugo. Bueno, y
Dani y Paolo se portan más o
menos bien conmigo.

Ojalá no hubiera existido el
viernes.

Hala, ya está.

Junie B. Jones

Eché un vistazo al reloj.

Solo faltaba una hora para irnos
a casa.

Intenté hacer que el reloj fuera
más rápido con mi mirada, pero
no funcionó.

Entonces llamaron a la puerta.
Toc, toc.

80

El Profe fue a abrir.

—¡Ah! ¡Hola! —dijo.

—¡Hola!, ¿qué tal? —contestó una voz muy amable.

¿Y sabes quién era?

¡La señora Flint!

Entró en clase con dos cajas.

Al verla, el corazón empezó a hacerme *bum-bum, bum-bum, bum-bum* muy fuerte. ¿Y si venía a regañarme?

Me agaché un poco para que no me viese.

La señora Flint dejó las cajas encima de la mesa del Profe y miró por toda la clase.

Yo me agaché un poco más, solo que… ¡mala suerte!

La bocazas de Maya me señaló y empezó a gritar:

—¡SEÑORA FLINT! ¡SEÑORA FLINT! ¡JUNIE JONES ESTÁ IN-TENTANDO ESCONDERSE DE USTED! ¡SE ESTÁ AGACHANDO PARA QUE NO LA VEA!

Entonces me metí directamente debajo de la mesa.

Me quedé hecha una bola y escondí la cabeza.

Enseguida oí unos pasos que se acercaban.

Ya estoy acostumbrada a ese sonido.

Abrí un ojo para echar un vistazo y vi la punta del delantal blanco de la señora Flint.

—¿Junie B.? —dijo—. ¿Por qué te has sentado en el suelo?

Yo no moví ni un pelo.

Con un poco de suerte, la señora Flint se iría y ya está.

—¿Junie B.? —volvió a decir—. He traído algo para tu clase. ¿No quieres ver qué es?

Yo meneé la cabeza y contesté:

—No, no quiero verlo. Ya puedes irte, muchas gracias.

Abrí el otro ojo y le miré los pies. Ahí seguían, junto a mi sitio.

Entonces, de repente, oí como un quejido. ¿Y a que no sabes qué pasó? ¡Pues que la señora Flint se agachó y se puso a mi lado en cuclillas!

Yo me quedé supersorprendida.

—¿Qué haces aquí abajo? —le pregunté.

La pobre no parecía muy cómoda en esa postura.

—Por favor, Junie B., te necesito —me dijo—. Hoy he traído galletas para todos y necesito que me ayudes a repartirlas.

—Hay un montón de gente que puede ayudarte —repliqué yo, sin moverme del sitio.

La señora Flint meneó la cabeza
y sacó un par de guantes de
plástico de su delantal:

—No, no lo entiendes, Junie B.
Necesito una auténtica ayudante,
alguien con experiencia.

Entonces la señora Flint sonrió,
aunque parecía como si le dolie-
ra algo.

—Por favor —dijo—, como no
nos levantemos pronto, me caeré

de culo y jamás lograréis levan-
tarme.

Al final, salí a gatas de debajo de
la mesa. Y ayudé a la señora
Flint a levantarse.

—Bueno, supongo que puedo
áyudarte a repartir las galletas
—le dije—. Pero algunos de
estos niños todavía siguen muy
enfadados conmigo, ya sabes...

La señora Flint me dio la mano.

—Sí, bueno, pero creo que
puedo arreglar eso —dijo.

Luego, yo y ella (digo... ella y
yo) fuimos juntas hasta la mesa
del Profe. Y la señora Flint enseñó las galletas a todos.

—¡Galletas gigantes! —gritaron
los niños—. ¡Gracias, señora
Flint! ¡Gracias!

La señora Flint me puso la mano en el hombro y dijo:

—No me lo agradezcáis a mí, chicos. Junie B. Jones es la que me recordó que os debía una visita este curso. Es a ella a quien tenéis que darle las gracias.

Durante un rato, nadie dijo nada. Y entonces, de pronto, Hugo empezó a gritar: «¡Gracias, Junie B.!». Y luego, todos los demás también gritaron: «¡Gracias!».

Yo sonreí *de ceja a ceja*. Aquellas palabras me hicieron superfeliz.

Fui corriendo a lavarme las manos, me puse pitando los guantes de plástico y volví con la señora Flint.

Ella puso el pulgar para arriba y me dijo:

—¿Preparada, ayudante?

—¡Preparada!

Y entre las dos repartimos todas las galletas gigantes.

¡Hicimos un trabajo perfecto!

Después de todo, puede que yo no llegue a ser jefa de cocina...

Pero en vez de eso, ¡seré jefa de galletas gigantes!

Así podré hacer yo misma tooo-das las reglas de las galletas.

¡Y ya tengo pensada la regla número uno!

La escribí en mi diario de clase
para que no se me olvide:

REGLA NÚMERO UNO

1. La jefa de galletas gigantes se comerá ~~3~~ ~~4~~ 5 galletas
ella solita.
Nota: Es mejor que no se las
coma delante de los demás
niños. Sería una falta de deli-
cadeza. Creo.
Otra nota: Y, en ocasiones
especiales, podrá comerse... ¡6
galletas! ¡Hala!

Fin

abrir la boca de par e impar

Es cuando abres mucho la boca por la sorpresa, o también porque tienes sueño y bostezas.

caracajada

Es una risa muy fuerte que te sube por toda la cara. Cuando te ríes a *caracajadas* es muy difícil parar, ¿sabes?

deprimita

Estar *deprimita* es estar tan triste que no tienes ganas de ver a nadie, ni siquiera a tus primas.

esquesito

Cuando algo es *esquesito,* quiere decir que es tan rico como un quesito (si te gustan los quesitos, claro). En italiano se dice *squisito.*

melodía

Cuando hace sol y dan las doce, son las doce del *melodía.* Cuando es de noche y dan las doce, tiene nombre de bollo, pero ahora mismo no me acuerdo de cuál es.

moquiabierta

Quedarse *moquiabierta* es quedarse tan sorprendida que te podría salir un moco por la nariz y no darte cuenta, de lo impresionada que estás.

ojórbitas

Son lo que está alrededor de los ojos. A veces, cuando te llevas una sorpresa muy grande, tus ojos tienen ganas de marcharse de tu cara, y por eso se dice que se te van a salir de las *ojórbitas*.

pajaruchos

El aguilucho es el águila bebé. El *buhúcho* es el búho bebé. Y así todos los pájaros, menos los pollitos. No todo lo que acaba en «ucho» es un pájaro. Por ejemplo, los serruchos no lo son. Y los chuchos tampoco.

recepcionar

Cuando llega alguien a un sitio, hay una persona que le recibe y le sonríe y hace como que está muy contenta de que haya venido. Esa persona es el recepcionista. Y lo que hace es *recepcionar*.

sonreír de ceja a ceja

Es como sonreír de oreja a oreja, pero más.

Títulos publicados

1. *Junie B. Jones y el autobús apestoso*
2. *Junie B. Jones tiene un hermano monísimo*
3. *Junie B. Jones y Warren el Superguapo*
4. *Junie B. Jones y el monstruo bajo la cama*
5. *Junie B. Jones tiene un admirador secreto*
6. *Junie B. Jones, capitana de su clase*
7. *Junie B. Jones es una bocazas*
8. *Junie B. Jones no es una ladrona*
9. *Junie B. Jones va de boda*
10. *Junie B. Jones y el pastel peligroso*
11. *Junie B. Jones, peluquera*
12. *Junie B. Jones es una espía*
13. *Junie B. Jones y la fiesta de pijamas*
14. *Junie B. Jones busca mascota*
15. *Junie B. Jones y el cumpleaños no muy feliz*
16. *Junie B. Jones, granjera*
17. *Junie B. Jones y la fiesta de fin de curso*
18. *Junie B. Jones y el diario de clase*
19. *Junie B. Jones, jefa de cocina*
20. *Junie B. Jones, la desdentada*
21. *Junie B. Jones hace trampas*
22. *Junie B. Jones monta el numerito*
23. *Junie B. Jones, estrella del teatro*
24. *Junie B. Jones da mucho miedo*

*¡Los libros son
lo que más
me gusta
de todo-todísimo!
¿Y a ti?*

*No te pierdas
ni una
de mis
historias...*

*¡Son
superchulas!*